中島進 作　1938年頃の作品

倭子像

中島進 作　　創作切絵

53ページ参照

# 己を信じて生きた父

川瀬倭子
Shizuko Kawase

文芸社

# はじめに　父の足跡をたどりながら思ったこと

テレビでは、食糧不足や貧困で苦しんでいる国の子供が広告塔に使われ、毎日のように放映されている。日本は豊かな国で、我々日本人はこの人たちを救う立場である。それは間違いないのだが、ほんの少し前までは、日本の国民も同じように食糧難と貧困に苦しんでいた。そう、私たちの世代である。それをなんとか乗り越えて大人になったのだが、中には病気や飢えで亡くなった人も多くいたのだ。

昭和（一九二六〜八九）は良き時代として今や憧れの目で受け止められているが、長かった昭和の時代には、まだ貧しい日本の姿、あなたの知らない暗黒の時代があったということを伝えておきたい。

目次

## 五　エピソード編　58

# 一　四日市編

父・中島進《なかじますすむ》は、明治三十年（一八九七）十月に三重県桑名市で生まれ、平成八年（一九九六）六月に九十八歳で歿《ぼっ》する。

市川家の三男で末子として生まれるが、父の実父が突然亡くなったため、四日市市の中島家に養子として迎えられる。明治三十三年四月とあるので、当時三歳になっていなかったことになる。父は小学校卒業の頃この事実を知ることになり、何の疑いも持たずに育てられていたので、そのショックはかなり大きいものだったそうだ。

三重県立富田中学を大正六年（一九一七）に卒業するが、成績が良く、先生からは是非とも上の学校へ進むよう助言があったそうだ。しかしそれについてはかなりのお金が必要となり、家庭の状況から無理だと分かる。父はさぞかし落胆したであろう。だがここで救いの手が差し伸べられたのだ。四日市市では誰一人知らぬ者はない大実業家の九鬼紋十郎《くきもんじゅうろう》さんから、学費は私が出すから上の学校へ進ませなさいと提案されたのを受けて、大阪市立高等商業学校（大阪商科大学の前身）に入学する。当時の最高学府である。

九鬼家と中島家の関係がどのようなものだったのか、今日まで知らずにいたのだが、大正八年（一九一九）九月、養父中島金男の葬儀の香典帳が遺品の中から見つかり、その最初の方に九鬼紋十郎さんのお名前が記されていた。私の推測では養父は九鬼さんのお店で働いていたのではないかと思った。学業中であり寮生活とあって、さぞかし苦学の道を歩いたであろう。

父の履歴書によると、大正十年（一九二一）に卒業すると同時に、当時一流の鹿島銀行へ就職とあり、大正十三年に退職と記されていた。この就職は九鬼さんからの要請だったのではないかと推察される。また九鬼さんご自身も金融関係の仕事をなさっていたと思われる。

なぜ三年で退職したかというと、この仕事は自分に合ってなく、一生続けられると思えなかったと感じたそうだ。九鬼さんの承諾を得て転職することになる。

私が小学校二、三年の頃、二度ほど四日市市の九鬼さんのお宅に伺い紋十郎さんとお会いしている。どんな方だったか全然覚えていないのだが、まず玄関の広さに驚いた。りっぱな和風造り、白木がふんだんに使われた明るいお家だった。その時出されたお菓子は今まで口にしたことのない物だった。松阪を離れてからも父は長くお付き合いをさせていただいていたようで、住所録には御令息喜久男さんの名も記されていた。

父の転職の一歩は県立富田中学の英語の教師だった。母校での仕事はさぞかし嬉しかったに違いない。履歴書にはこの時の月棒九拾五円と明記されていた。この通勤の途中よく見かけたのが、十一歳年下で、小学校の教師をしていた母だ。結婚を申し込み、昭和四年（一九二九）七月に目出たく結ばれる。当時はまだ見合結婚が主流で恋愛結婚はほんのわずか、先端をいった二人だったといえよう。

富田中学の教師は昭和六年（一九三一）八月退職とあり、大正十三年（一九二四）より七年ほどの勤務であったことが窺える。

# 二　松阪編

父の履歴書によると、昭和六年（一九三一）四月には県立松阪商業学校の教諭となるとあった。商業美術の分野に進出したく模索していたと思われる。そういう時この学校の校長が、今までは中学校としてはなかった商業美術を専攻できるクラスを立ち上げる意向を示されていると聞き、参画したのだろう。まだデザイナーとかアーティストという呼び名は一般に使われていなく、新聞広告、ポスターが主流で、それぞれ専門分野の人たちの仕事だったのだ。

家族と共に松阪に移り住んだのも昭和六年とあり、私はこの年に生まれている。何かと大忙しの年だったようだ。

絵を描くのが大好きだった父、これを商業の分野で活かす。これは夢であっただろう。活躍の場はまずポスターの制作にむけられた。生徒さんたちだけでなく、父自身も全国コンクールに出品、次々に作品が入賞するようになる。その中でも昭和十五年（一九四〇）の防諜ポスターコンクールで父の作品が一等、陸軍大臣賞を授与された時は、家族揃って東京まで出かけその賞を受け取った。副賞は軍刀一振りだった。時々この刀を桐の箱から出して、てるてる坊主のような形で中には松脂《まつやに》の粉が入っていると聞いたのだが、それをぴかぴかの刀に振りつけて手入れをしている父の姿を見かけた。この刀は戦時中供出された。

松商の名も全国に知られるようになったと喜ばれたそうだ。

町のいくつかの商店ではショーウインドーが作られた。時には、店が閉じた後夜遅くまで学生さんたちの手で飾り付けが行われている様子を見に行く。新しく変わるごとに町の皆さんも喜んで見てくださっていた。校内では学生さんたちの手仕事の物づくりを、電動の糸鋸《のこぎり》を使ってベニヤ板をいろんな形に切り出し、ペンキで色付けや吹き付けをする作業、金や銀、色とりどりの紙を張り、一つ一つが形になって組み合わされていくのは、とても興味深く、楽しみながら見ていた。父が校内の教室に私と弟を連れて行ってくれたのだが、今なら他者が校内に出入りするなんて許されない行為だろう。

しかし昭和十五年十二月、太平洋戦争が始まると、国の政策として商業には力を貸すことの不要論が唱えられる。昭和十九年（一九四四）には商業学校も閉鎖され、工業学校に吸収合併させられてしまい、父は仕事を失う。やむなく大阪に移るのだ。

戦争は暗雲をもたらす、その後次々に襲いかかる暴風や豪雨、ある時は雷におびやかされ父も家族も過酷な人生を送ることになるのだが、松阪での十二年余りの生活は、それからの長い人生の中で、もっとも穏やかで平和な楽しい日々であったのだ。

ここでその松阪の暮らしを振り返って、思い出すままに綴ってみよう。

夏目漱石は引っ越しが好きで借家を転々とされた話は有名だが、父も借家を探して何度も引っ越しを重ねている。その時の荷物はリヤカーや荷車で運んでもらっていた。これも漱石の小説に出てくる風景そのまま。最後の引っ越しだけは幌《ほろ》のない小型トラックが来てくれた。

私の記憶に残る最初の家は、家その物は印象に全くないのだが、あるとき家の前にあった小学校（後に第二小学校と分かるのだが）ここのグラウンドが池のように水が溜まっているのを見て驚いた。大雨の後の出来事、多分昭和九年（一九三四）の室戸《むろと》台風の時だったのだろう。また家々の玄関先やその周りに、畳がずらりと並べられて天日干しされているのを見た覚えがある。これもこの時のことだったのだろう。

次の住まいは、近鉄の支線が走っている近くの効外だった。線路から空地を隔てて道が延びていた。この道沿いに家が一列に立ち並ぶ。空地は子供たちの絶好の遊び場。れんげに、たんぽぽ、クローバーにあざみといった野の花々が咲き乱れ、蝶やトンボにバッタ、カマキリなど虫たちを追いかける。今思うとアニメや絵本の世界そのものだ。

その近くを時々チョコレート色の小さな電車が走っていた。

裏側は田んぼが見渡す限り続いていて、水が張られ、田植えが終わる頃には、用水路から入って来たのかメダカや土鰌《どじょう》、オタマジャクシといった生き物が泳ぐ姿、これを追いかけて子供たちは跳ね回っていた。

この家にはその頃独身だった父の姉の娘や母の妹が時々訪ねてくれた。この時父が写した写真が何枚か残っている。当時カメラを個人で持っている人は少なく、父は職業柄持っていたのだろう。上から覗いて写す二眼レフ、原板はガラスだった。

次は子供たちの通学を考えての引っ越しだったと思う。また父の学校にも近くなった。小川と用水路に狭まれた住宅地、お勤めの方が多かったようだ。水路沿いは家が立ち並びその一軒一軒の玄関口から橋が渡され水路を経て道路に出る。この道と家並みはかなり遠くまで続いているようだった。この水路を横切って小川の土手の道までつながる道があり、その道に面して家が四、五軒並んでいた。

用水路から二軒目が私たちの住んだ家だ。角のお家は前川さん、この間にも小さな道が付いていていた。塀がなかったので庭のあるお隣さんへは出入りが自由。庭で花を育てられていたご主人のお母さんとは、毎日のように顔を合わすことができた。家族構成は、ご主人は父と学校は違ったが同じ中学の先生、奥様とお子さん二人、上の男の子が弟と同じ年、下の坊やは私たちが移ってからの誕生だった。私も近くで赤ちゃんを見るのは弟以来とあって興味津々。抱っこさせてとせがんでいたが、その願いは叶わなかった。六、七歳の私に渡すわけにはいかなかったのは当然だ。

ここでは物売りの声がよく聞こえてきた。朝は鐘を振り鳴らしながら豆腐売りの声、「納豆、納豆ー」と続けて納豆売りの声、お昼間には金魚屋さんの声、夕方近くなると土鰌《どじょう》売りの声が聞こえてくる。買った家の前でたらいから土鰌を摑んで俎《まないた》の上に、あの小さいぬるっとした物を開きにして料理してくれる。しかもその早技にはいつも驚かされて見ていた。この日の夕食は柳川鍋、ごぼうの香りが土鰌のくさ味を消し、卵のとろ味と溶け合って絶妙の一品、中でも開いた真ん中に黄色っぽい卵を持っている時は特に美味だった。

　父は趣味として油絵を描いていた。お隣の先生もパステル画と手法は違っていたが、意気投合して話がはずむことが多かっただろう。

　ある時この二人が私の家の小さな前庭に、池を造ることを思いたつ。近くの川でメダカや土鰌などを網ですくって、子供たちがバケツに入れて楽しんでいるのを見てそう思ったのだろう。深さ四十センチ、縦横六十センチほどの穴を掘りセメントに砂を混ぜたものを流し込んで池は出来上がった。二、三日してセメントが固まるのを待って魚を移す。ところが全部死んでしまったのだ。セメントの灰《あ》汁《く》のことが頭になかった結果だった。

　水を何度も取り替えてやっと魚たちの住める小さな池が完成。金魚も一諸に泳がせて楽しんでいた矢先、今度は猫がどこからか入って来て悲劇がおこる。金網の蓋を作ってこれで良しと思ったら、なんなく網をはずして食い逃げ、なんとか猫が動かせない物を作ってやっと安心する。

　道を狭んだ向こう側は空地だったが、その一番奥の小川に面した場所で建築が始まった。二階建ての大きな家が完成する。そこに住まわれた家族に私と同じ学校に通う女の子がいた。一年くらい過ぎた頃、その子の姉が結婚するので、帯に絵を描いてほしいと両親から父に依頼が来た。母が締めていた帯の絵を見ての頼みだったのだろう。白繻子《しろじゅす》にお祝いの意味をこめて前と後ろに宝船を鮮かな色彩で丹念に描き上げる。白地ということで汚しては一大事。神経を遣う大変な仕事。私も油絵を布に描いたことがあるが、筆がなめらかに動かず時間のかかる大変な作業だ。出来上がった帯の絵を見て大変喜んでくださったのは良いとして、そのお礼にと菓子折一つを持ってこられた時、いつも何ごとにも動じない父が不満をあらわにした。当時油絵の道具は全てフランスからの輸入品で、チューブの絵の具は一本が菓子折一つでは買えない値段。色によってはその二倍も三倍もした。当時はその色の岩石を砕いて粉にして造られた絵の具も多々あったのだ。この非常識さ、しかも誰から見ても裕福な暮らしのお家、父が怒ったのも当然のこと。あの時一言事情を話せばよかったのではないかと私は思った。父の仕事に対しても見くびった失礼な態度だったと思う。

家にはお風呂はなくかなり遠くの銭湯まで通っていた。その道は一人では歩けない暗い空地や、畑の野道を通らねばならなく、父と一緒のことが多かった。またお隣で入らせてもらったりもした。その頃の思い出を詩に、次にそれを紹介させてもらう。

## 銭湯の思い出

子供の頃　父と銭湯に行くのが好きでした
冬の夜は凍える手に洗い桶を抱え
きらめく満天の星を仰ぎながら

星座の名を覚えたのはこの頃

春まだ浅い夜
木蓮の花の香が漂い
大きな花が月夜に浮かんでいるのが見たく
桜の咲く頃は外灯にぼんやり浮かぶ
夜桜が見たくて
屋敷町へと遠回りして帰るのでした
秋は虫の声を聞きながら野道を

そんな自然いっぱいだった故郷
今はどうなっているのでしょうか

幼稚園と小学校はこの家から通っていた。用水路に沿った道を歩いて松阪神社の下の道を学校まで歩いた。幼稚園もこの隣にあったのだが、子供の足で三十分以上かかったのではないか。入学式は父母が付き添って松阪神社の参道の桜が満開の下を学校に向かった。この桜の隙間から少し見えていた家を指差して、父が私の生まれた家だと教えてくれた。四日市から移った松阪の初めての家がここだったのだ。

昭和五十三年（一九七八）に松阪を訪れた時、あのお隣さんを尋ねてみた。風景も家並みもそのままだった。表札を見ると名前もそのまま前川とあった。恐る恐る玄関を開けて事情を話す。出て来られたお二人もそのまま。部屋に上がらせてもらって三十分ほどお話を伺うことができた。あの時の上の子はパリで画家になり、今もパリで、下の坊やは東京でテレビの美術関係の仕事をなさっていると聞いた。やはりお父さんのＤＮＡを受け継がれたようだ。

話は山のように多くあったのだが、長居をせずに帰ったのは、その時の奥様の着物にびっくりさせられたからだ。布団柄かと思われる大きな柄に色も原色使いの派手な物。そのうえ厚化粧。ちょっと考えられない身装は、今から舞台に上がって役を演じるのかと私には思えたほど。少したためらったのだった。

子供の頃に見た彼女の美しさは今でも覚えている。また、ご主人も背が高くりっぱな体格、おまけにイケメンなのだ。映画のラブシーンにそのまま出てきてもおかしくない、ぴったりのお二人だった。この風格はこの時も少しも変わっていなかった。

平成十三年（二〇〇一）、再び尋ねてみた時は、家並みも周りの風景も全て一変していた。国道とバイパスが交差する高架道路が造られ、周囲は大型のスーパーや商店の立ち並ぶ町へと様変わりしていた。あの小川も用水路も何一つ残っていなかったのだ。

次に移り住んだ家はお寺の隣だった。玄関を入ると、左側に六畳二間に奥が八畳、この三部屋を通して長い縁側が続く。それは庭に面していた。そこには大きな石灯籠と石を刳《く》り抜いて造られた手水鉢《ちょうずばち》、これも大きくてりっぱな物だった。時々野鳥が来てこの水を飲む姿も。庭にはかなり大きな木も植えられ、借家用に建てられた家とは全く違っていた。玄関の奥には小部屋があり、もう一つ奥がお風呂になっていた。この小部屋は子供の遊び場となっていて、学校帰りに友人がよく遊びに来ていて、父に絵を教えてもらった、という友人からの便りをもらったことがある。

ここに移った大きな理由は、四日市の実家に一人残してきた父の母を呼び寄せて、一諸に暮らすことだったと思う。信仰のあつい仏教徒だった祖母は、毎年四日市から、京都の西本願寺へお参りしていたという。隣のお寺は祖母のお気に入りの場所となった。毎日のようにお坊さんの説教や講話を聞きに出かけていた。今ではこういうお寺は無くなり、あの頃のお寺やお坊さんの有り方である、村の人や町の人が集まって和尚さんの話を聞いたり、よもやま話で心をなごます場が失われたのは、残念に思う。

このお寺の生垣は山茶花が植わっていた。お寺の前庭は格好の子供の遊び場、生垣の隙間を見つけて、そこから出入りしていた。夏になると蟬が庭から飛び立つ。早起きして大きな松の木を見ると、今や脱皮しようとする蟬の姿が見られる。これは新鮮な体験で少しずつ皮が破られて体が見えてくる。身体が出ると羽を広げ始める。あのあぶら蟬の茶の色から想像もつかない透明な薄い緑色の姿に驚いた。そして間もなく飛び去って行った。

庭には飛び石がそれぞれの部屋の前の廊下から庭に出られるように置いてあり、ここにも大きな石が足置きとして設《しつら》えられていた。〝「〟の形に一番奥の部屋の裏側にこの庭は続いていた。

なぜか二年ほどしか住んでいなかったようだが、白粧《おしろい》町という商店街にも近く、夜も灯がともり、父母と一諸に買い物に行くのも楽しみだったのだが。

近鉄の支線の駅からも近く、ここから夏は海へ、近くの遊び場へも電車を使って連れ出してもらった。この時のある出来事から詩が生まれた。次に紹介させてもらう。

## 小さな帽子の思い出

それは初夏のある日のこと
家族揃って小さな旅へ　小学生の頃
帰りの電車で景色を眺めていると
父がもっと良く見えるように
窓を開けてくれました
その時　帽子が風で飛ばされる
新しいお気に入りの帽子
白のパナマ編みにブルーの折り返しのつば
前はＶ字カットで青と白の花飾り

楽しかった旅の終わりの悲しい出来事

ところが一夜明けてびっくり
あの飛んでいった帽子が目の前に
信んじられない思い
父が話してくれました
あの時一諸に乗り合わせていた父の友
私の悲しみを見ていてその後電車で引き返し
捜し歩いて下さったと
電車で踏み潰されかもしれないし
川や水溜りに落ちたかもしれないし
雑草の中に埋もれていたかもしれないのに
よくぞ捜して下さった

子供ながら感謝の気持ちでいっぱいでした
このやさしい心と父との熱い友情
一生忘れられない思い出に

父がよく口にしていた友人の名が今も私の頭の中に残っている。真野君、黒松君、村山君と、大阪の学友か、もしかすると富中の頃の友達かもしれないが、小学生の頃、これらの方のそれぞれのお宅に伺った記憶がある。生涯を通じての友であったようだ。

平成十八年（二〇〇六）、ここを訪れた時は、家はなく駐車場になり、裏の通りが出入口となっていた。でもお寺はそのまま残っていた。講堂の入口を開け案内を請おうと声を掛けたが、人の気配は全く無く、無断で中に入らせてもらう。約七十五年前祖母が説教を聞いていた時と同じ佇まいだった。

小学校四年生か五年生の時、また引っ越すことに。私と弟が通っている第一小学校まで裏道を抜けると二、三分で裏門へ出られる、とても便の良い場所だった。松阪神社へも五、六分で行けた。

この家には離れがあり、祖母が気兼ねなく一人で暮らすのに都合が良かった。その離れの裏に畑があり、花造りの好きな祖母はすぐさま花畑にした。

四日市で一人暮らしをしていた時に、遊びに行くと、真っ先に裏の花畑に行った。そこにはいつも色とりどりの花が咲いていて、花の名前を教わるいい機会でもあった。ある時、真っ白な肉厚の花びらを持つ香りのする花の名を聞いたところ、「くちなし」と教えてもらう。口の無い花ってどういうことと首をかしげたり、小さな薄紫の菊を思わせる花が枝の先にいっぱい咲いている花の名を「シオン」と聞いて、なんてオシャレな名前なんだろう、菊の花そっくりなのにと不思議に思ったり。私が五、六歳の頃の事。

父がこの家を探し当てたのは、自分の母が、花造りが大好きだったのを知っていたからだろう。

この畑は広かったので、花の他にも野菜も少し育てられていた。えんどう豆、きゅうり、なすなど、収穫はわずかだったが、わくわくさせてくれる一時でもあった。小さい実はもう少し置いておこうかと迷ったり、でも朝食に食べたいので摘み取ってしまったりと楽しんだ。

この畑を越えると一段低い所に小さな川が流れていた。この川に沿って人一人がなんとか通れる道が両側を雑草に被われた形で付いていた。ここを通ると学校の裏門へ二、三分で着く。でも蛇や虫に出合うこともあり、急がねばならない時以外は、あまり通らなかった。

川を挟んで向こう側は、八千代という旅館の裏側で、時々三味線の音も聞こえてくる。そういう雰囲気の場所だった。この旅館は今も当時のまま残っていると聞く。

隣は空地を狭んで、大家さんの家とその娘さんの家が並んでいた。玄関と居間の廊下が空地に向いて建てられていて、この二軒で行き止まりとなる。この空地は子供たちの遊び場でもあり、また、ちょっとした行事も。その中でも餅つきは見物《みもの》だった。かまどが設えられ蒸籠《せいろ》が高く積まれる。六、七段はあった。もち米を入れて下では薪を燃やす。蒸し上がったものを臼に移してつくのだが、このつき手と返し手の絶妙なバランスと早技には驚かされた。掛け声も威勢よく、大家さん夫婦の腕の見せどころとなる。若い人も加わって、蒸籠は次から次へと蒸し上がっては臼の中へ。三、四軒分の餅は朝から夕方までかけて一日中つかれた。これを台に取り粉を広げた上に運び、丸い形や枕のような形の物、後でかき餅にする物、鏡餅の形と手ぎわよく四、五人の手で作りあげられてゆく。父母も慣れない手つきで参加。終わると皆でほかほかのお餅をきな粉やあんこ、大根おろしで食べる。その日のイベントは無事に終了となった。

この空地の角に大きな杉の木が一本残されて立っていた。足場の枝がないので登って遊ぶことはできなかったが、花粉を浴びていたのは当然のこと、他にも神社の裏山の木々の間を飛び回って遊んでいたので、多分花粉症の免疫がこの頃ついたのではと思った。

祖母の花の畑と家主さんの庭とは木戸一つでつながっていて、ここでも多くの花が育てられていた。三人は仲良く花の種や苗を交換しあって楽しんでおられた。川沿いのその奥には梅林が続いていた。花の咲く頃にはその香りと、うぐいすの鳴き声につられて、あの細い道を恐る恐る歩いて見に行くのだった。

私が五、六歳の頃から、父はよく近くの山や丘、川にもハイキングに連れ出してくれた。片道二時間前後かかるハードなプランもあり、弟は、帰りは歩けないと泣き出す。母はなんとかバス停まで歩かせて先に帰ってしまったりもした。この一連のハイキングでは、いろんな経験ができた。桃畑がピンクの花で満開の時に出合ったこともあった。また秋には雑木林の中を枝を掻き分けながら茸狩りに夢中になった。毒茸の見分け方を教わったのも父からだった。

ある日、少し大きな川のほとりに出ると、河原に大きな牛が二頭いた。川で体を洗ってから岸辺でしっかり水気を拭き取ってもらい、その後ビール瓶のようなものから液体を体に流し掛けて、ブラシで一生懸命体に擦りつけている様子。後にこれはビールそのものだったと知る。今や国中にそのブランド名が知れ渡っている松阪牛、この牛はこのようにして飼育されていたのだ。八十年ほど前のことなので今はどうなのか？

この頃よく出かけた地名を「ようち」と記憶していた。長い間どんな字を書くのか珍しいので記憶に残っていたのだが、最近地図で調べてみると岩内《ようち》と読む場所があるのが分かる。七十年以上前からの謎が解けた喜びもあった。

昭和十五年（一九四〇）十二月、太平洋戦争が始まる。松阪最後の家に移り住んでから間もなくのこと。

父の転業でやむなくこの家を去るが、私が高等女学校に合格して間もなくのことだった。

# 三　大阪編

大阪への転居が決まったのは、父が職を失って大阪の学生時代の友人から是非自分の会社に来てほしいと頼まれてのこと。それは多くの社員が戦争で召集され、人手不足で困っていたからだ。

昭和十九年（一九四四）一月に松商を退職、同じ一月に大阪の会社に入社とあるので、とても急な話だったと思う。住む家も相手まかせの仮住まい的な家だった。その先は八尾市の市街地に近く商店や民家の立ち並んでいる場所。その中の一軒に以前は宿泊所として使われていたらしい家の二階を借りる。そこは大広間が一つあるだけ。我々四人がこの部屋に、祖母は二階には上がり下りできないので一階の階段下の板の間に布団だけを敷いて生活。これはなんとも耐え難い状態だったと言えよう。しかも寒い冬のこと、暖房の設備などあるわけもなく、火鉢に炭火豆練炭を入れた櫓炬燵《やぐらごたつ》だけとあっては、七十歳代の体には、どんなに辛いことであったか。その上、食物にも不自由、この時松阪では知り得なかった食糧難は始まっていた。母は育ち盛りの二人の子供を最優先せざるを得ない立場、祖母が喜んで食べられる物を調達するのは、かなり難しかったと思われる。私の目にも祖母がだんだん痩せ細ってゆくのを感じないわけにはいかなかった。だからといって現状は何もしてあげられない悲しさ、あの時の思いが今も残っている。祖母は箱型の鏡台を持っていて毎朝簡素な日本髪を整えてとても身だしなみの良い人で、それは亡くなるまで続いていた。

父も慣れない仕事に加えて通勤にもかなりの時間を要していたので、家族のことは気にかけていたのは当然だが、手助けできる余裕はなかったであろう。

祖母はこのわずか一年後、二十年（一九四五）三月に七十八歳で亡くなる。この時代は数えで記されていたと思う。まだ移って来て間もないので近所とのお付き合いもなかったのだが、町内会の人たちが多く集まって葬儀の段取りすべてを取り仕切ってくださった。父母もどんなにか助かったことだろう。またどなたかの手で白木蓮の大きな枝が供えられていた。あの香りと白い大きな花は今も私の心に残っている。

祖母とは切っても切り離せない先祖の位牌の入った佛壇は、四日市から松阪へ、そしてこの大阪の八尾市へと転々と運ばれてきていた。場違いと思われるりっぱな佛壇は、祖母の側に置かれていた。家族と一緒に祖母の最後を見とどけてくれた。

親子四人、周りは知らない人ばかりで、不安と戸惑いの中での生活だった。一階にはこの家の持ち主の中年のおかみさんが一人住んでおられた。宿泊所だったことを物語るように、大きなかまどを設え、釜や鍋がそのまま残っていた。家主さんは早口の大阪弁で弟と私に話しかけてくださるのだが、意味がよく分からないことが多く、この聞き慣れない言葉に思わずふきだして笑ってしまうことも多かった。でもとても明るい人柄で、家族は救われた。着物に簡素な日本髪だった。

この移住は想像を絶するものであったのを父母が知った頃、口には出さなかったが、失敗だったと気がついたに違いない。松阪で何か他の道を探す手があったであろうと、十三歳だった私はそう思ったのだ。

この二階に住んでいて、ある日の夜、そっと南側の障子戸を開けると、その頃の国鉄（現ＪＲ）の久宝寺《きゅうほうじ》駅の灯が見えた。この時を思い出して作った詩を書き添える。

## 汽笛

冬の夜
渇いた空気を震わせて汽笛が鳴った
そっと窓を開くと暗闇の中
遙か彼方にぼんやりと灯がともる

貨物だけの停車場がぽつり
淋しげに目に映る
寝つかれない夜　子供だった私は
幾度となくこの汽笛を聞いて
静かな夜に涙した　訳もなく

あれから何十年が過ぎた
あの頃　遮る物一つなかったけれど
今はぎっしりと立ち並んだ家々やビル
窓から見たあの風景は　あの駅は
もう見えないだろうな
住んでいたあの家も……
汽笛を運んでくれたあの静かな夜も

借家探しの結果、それから間もなく八尾市の久宝寺駅の近くへ移り住む。近畿鉄道で、上本町に二、三十分で着く。私の学校もこの沿線だったのでほっとした。周りは閑静な住宅街、近所の人々ともすぐ打ち解けて、中でも戸をノックするでもなく声を掛けもしないで、いきなり家の中の居間まで上がり込んできた人がいるのには驚いた。母もこれにはびっくり。これが大阪の仕来《しきた》りだったそうだ。落語に出てくる長屋の暮らしそのものだった。

敗戦が色濃く出始め、間もなく東大阪大空襲、隣町の布施、鶴橋が焼きつくされる。この時、その方角の空は真っ黒で下では炎の赤がメラメラしているのも見えていた。近くの川沿いの道を焼けこげた衣服をまとい、顔は煤で真っ黒になった人たちが、東に向かって行列をなして歩いて行く姿を目のあたりにする。

父母はこの様子を見て弟と私を疎開させることを決断、奈良県の、国鉄笠置《かさぎ》駅から南に四〜五キロ入った山間部の村だった。

郵便はがき

料金受取人払郵便

新宿局承認

7461

差出有効期間
2020年7月
31日まで
(切手不要)

1608791

141

東京都新宿区新宿1－10－1

(株)文芸社

愛読者カード係 行

| | | | |
|---|---|---|---|
| ふりがな<br>お名前 | | 明治 大正<br>昭和 平成 | 年生 歳 |
| ふりがな<br>ご住所 | □□□-□□□□ | 性別 | 男・女 |
| お電話<br>番号 | (書籍ご注文の際に必要です) | ご職業 | |
| E-mail | | | |
| ご購読雑誌(複数可) | | ご購読新聞 | 新聞 |

最近読んでおもしろかった本や今後、とりあげてほしいテーマをお教えください。

ご自分の研究成果や経験、お考え等を出版してみたいというお気持ちはありますか。

ある　　ない　　内容・テーマ(　　　　　　)

現在完成した作品をお持ちですか。

ある　　ない　　ジャンル・原稿量(　　　　　　)

| | | | |
|---|---|---|---|
| 書　名 | | | |
| お買上<br>書　店 | 都道 府県　　市区 郡 | 書店名 | 書店 |
| | | ご購入日 | 年　月　日 |

本書をどこでお知りになりましたか?

1.書店店頭　2.知人にすすめられて　3.インターネット(サイト名　　　)

4.DMハガキ　5.広告、記事を見て(新聞、雑誌名　　　)

上の質問に関連して、ご購入の決め手となったのは?

1.タイトル　2.著者　3.内容　4.カバーデザイン　5.帯

その他ご自由にお書きください。

(　　　)

本書についてのご意見、ご感想をお聞かせください。

①内容について

②カバー、タイトル、帯について

弊社Webサイトからもご意見、ご感想をお寄せいただけます。

ご協力ありがとうございました。

※お寄せいただいたご意見、ご感想は新聞広告等で匿名にて使わせていただくことがあります。

※お客様の個人情報は、小社からの連絡のみに使用します。社外に提供することは一切ありません。

■書籍のご注文は、お近くの書店または、ブックサービス(0120-29-9625)、セブンネットショッピング(http://7net.omni7.jp/)にお申し込み下さい。

その中の農家に子供二人は預けられた形となる。学校は二人共に地元の中学と小学校に転入、誰一人として知る人のいない場所での暮らし。今思い出してもどうして過ごせたのかよく覚えていないが、私が炊事を担当していたようだ。親が差し入れてくれた食材を使って、それに加えて農家の人からの差し入れの野菜をなんとかしていたのだと思う。ある日そうめんをゆでようとしてお鍋に湯を沸かして入れたのだが、今までやったことがない。一度に一束を投げ入れた。本来ならば、ぱらぱらほぐしながら入れるのだが、みごと団子状になり食べられなかったのを思い出す。弟は泣き出すし、その後どうしたのか覚えていない。この生活もほぼ三カ月か四カ月で終戦を迎えることで終わることに。

この終戦の天皇の宣言も校庭に集まって聞くこととなる。ラジオから流れる初めて聞く天皇のお声、戦争はもう終わったのだ、父母の居る家に帰れるのだ。喜びで涙が流れた。

そこから続く食糧難。米は戦事中から配給制度になり必要な量の半分程度しかもらえない。我々から見ると農家の人々は天国にいるような存在だった。四日市の親戚を頼って、なんとか米を分けてもらう。一度に多く運ぶことはできない。しかも片道三時間ほどかけての大仕事で、警官に見つかると闇米として没収されるのだ。電車の中の荷物検査、乗り換え駅での荷物検査とまるで泥棒を捜すかのようにして、米を見つけると有無を言わさず取り上げてしまう。この方が泥棒行為ではと思った。我々も二度この没収にあった。努力は水の泡となって消えたのだ。

米だけではなかった。すべての食べ物が不足して手に入れるのが困難だった。この地に来てまだ間もないので、知り合いもなければ、何をどうやって手に入れるのかも知り得ない状態。

家には十五坪ほどの庭があり、松やもみじ、つつじなどの庭木が植えてあったのだが、戦争中家族みんなで防空壕を手掘りするため、この木はかなり倒されてしまった。この壕を取り壊し、まだ残っている木もできるだけ掘り出して畑を作る。作物を育てるには適さないうえ、当時肥料もなく土壌改良もできるわけもなく、種は手に入ったのだが、なかなか上手に育てられなかった。トマト、なす、きゅうりなど、ミニサイズのかわいい野菜が食卓に並ぶと手をたたいて喜んだ。南瓜《カボチャ》は意外とりっぱな実が成った。これはお腹のたしになり蔓がからまりやすい垣根の根元に種を播いて、実がだんだん大きくなるのを見守りながら楽しみにしていた。

その中でも一番の庭での収穫はいちじくである。一本のいちじくの木はすでにあったので、この木から何本か差し木をして、庭には数本の木が毎朝その実を採り食べることができるまでになる。差し木は見る見るうちに大きく育ち、二年目には食べられる実をつけてくれるのだ。

お菓子も甘い物も手に入らない時、これはエネルギー源でもあり、貴重な食べ物。朝、庭に出てこれをもぎ取って食べる。笑みも浮かぶ一時でもあった。

父の会社は武器の部品を製造していたらしく、敗戦と共に仕事は無くなる。しばらくは材料の鉄を利用して鍋釜の類を造って凌いでいたものの、昭和二十二年（一九四七）には会社は閉じられ、父は職を失うことになる。父の履歴書には、この直後、大阪府生活協同組合で嘱託とあった。その間に父は自分の仕事場を見つけるのに必死だったことがうかがえる。その頃に書かれた履歴書が多く残されていたからだ。

昭和二十五年（一九五〇）十二月桃谷順天館に入社とあった。当時化粧品会社といえば資生堂か桃谷順天館の明色かと言われた時代で、父の仕事は得意とする商業美術の分野で、商品の宣伝、広告を担当することになる。戦前、商業学校で商業美術を教えていた実績を買われてのことだと思った。

その頃広告と言えば、新聞雑誌の広告欄に宣伝文句、写真やイラストを入れることが主な仕事。もう一つは街灯に張られるポスターの製作。これは欠かすことのできない大仕事。父にはやりがいのある仕事だったに違いない。

この時すでに五十一歳。当時定年は五十五歳だったが、ここで仕事から離れることはできなかった。宣伝広告もテレビの時代へと移り替わりつつあった中、この分野は若い人たちにゆずり、他の仕事で実力を発揮した。会社宛てに来る海外からのメールや参考資料、英語をはじめ、フランス語、ドイツ語の簡単な文は翻訳できたのだ。また書は楷書から草書、行書までプロ並みの腕前だった。社長の代筆や、当時の会社の看板は父が書いたそうだ。それにしても、いつ勉強したのか不思議でならない。

ともかく父は八十五歳までこの会社で働かせてもらう。家庭の事情もあってのことだが、社長さんや周囲の皆様のご理解があったからこそである、子供の私からも感謝を申し上げたい。

その他に父と社長は、平和運動の世界連邦運動に参加していた同志だった。

父は戦争で教え子たちが次々に戦場に送られ、その多くが戦死、帰らぬ人となったことに強く心を痛めていた。また戦争が始まった頃から、この戦争は勝てない戦争なのだと、いろんな情報から判断し家族に話していた。戦争反対論者でもあった。

一九四五年に賀川豊彦氏が創立した国際平和協会に入会、四八年八月、世界連邦建設同盟（現世界連邦運動協会）が発足すると、同盟関西協力会を設立し副理事長に就任、五二年に同盟大阪支部となり常任理事、その後、副支部長を務めていたと記されていた。

この支持者の方々には湯川秀樹博士、湯川スミ、柳原白蓮などの名があった。この会に名を連ねた方々の手紙や色紙などが父の死後ぞくぞくと遺品の中から出てきた。「えー」と思われる方の名もあったが、もしかしたら初期の頃この会に加わってくださっていたかもしれない。残しておけばと思ったが、この一年半前に夫をなくしていたこともあり、当時私の手一つでは、これらを保管するのはむつかしく古物商に無償で引き取ってもらった。興味のある方の手に渡れば良いのではと考えてのことだった。

父はこの平和運動に全霊を捧げていたと思われる。父の話は明けても暮れても世界連邦一色に。平和の大切さ、なんとか戦争のない世界にしたい、この願いはよく分かるのだが、母や子供にすれば不満も出てくる時期であった。

友達が遊びに来てくれてもこの話に引っぱり込まれるので、今までは話せる父として招介し楽しい時間が持てたのだが、それも失われてしまった。

この頃大きな悲劇がおこった。父は友人から借金を申し込まれる。仕事に行き詰まってのことらしかったが、皆から断られてのあげくだったのだろうが、誰が見ても余裕のある家庭でないことは明らかなのに、なぜ父の所へ来たのだろうか。他の人は彼に返すあてがないことを知っていたので貸さなかったのだが、父はすぐ返すからというのを信じて、母が駄目だというのを押し切って貸してしまった。それは、私と弟が大学へ行くために貯めていたお金だった。母によると当時の月給の二年半分ほどの額。やはり母の予想通り、一円たりとも戻ってこなかった。

周りに悪人がいなかったことがこういう結果を生んだのではないだろうか。それまで小さなことで騙されたという経験があれば、少しは考えの甘さに気づいただろうに。

このことを機に父は一生自由にお金を使うことを禁じられる。

私は旧制高等女学校卒で就職、弟も大学へ進むには奨学金制度に頼るしかない。また国立を選ばないと学費が払えない。国立と私学とではかなりの差があった。この中で弟は必死に猛勉強の末、幸いにも希望していた神戸大学の経営学部に合格。家族一同ほっとした瞬間だった。

だがこれも束の間の喜びでしかなかった。弟が寮に入っていた大学二年の時、突然警察から、弟が中津のスケートリンクで意識不明の重体になっていると知らせがあった。近くにあった済生会病院に運ばれているので、すぐ身内の方に来てほしいとの連絡。すぐさま警察の車が家に到着、仰天のあまり口も利けなくなった母を抱えて車に乗った。病院に着くとすぐに様子を聞いた。弟は病室ではなく、廊下で移動式ベッドの上に寝かされていた。身元引受人が来たというので、病室に入ることができた。医者の話だと、脳の毛細血管の出血だということだが、傷もないし打撲もなさそうなので原因不明との診断、打つ手がないとのこと。何の手当てもされないままの状態で、四日か五日後、家に連れて帰るように言われ、意識不明のままの弟を家に運んだ。家族はただ、いつ死んでしまうのか、もしかして生きかえってくれるかも、一筋の希望を抱きながら見守るしかなかった。

その三日後、弟の意識がもどったのだ。最初は目を開ける動作から始まった。

「ここにいるの、誰だか分かる？」

の問いかけに、うなずく動作をする。奇跡が起こったとしか考えようがない。意識のないまま少なくとも一週間以上生きていたことになる。

その後、少しずつ飲んだり食べたりもできるようになるが、右手と右足が動かなくなっているのに気付く。半身麻痺だが確実に良くなっている様子が見てとれた。若かったからだろう。何かに摑まりながら、起き上がって歩く、そういう動作もできるようになる。言葉もはっきりしないが、話すこともできるように。

この事故の三カ月半後に私の結婚式が予定されていた。これも大きな問題。このまま嫁に行っていいのだろうか。考えさせられる大事故。家族会議の末、予定通り式を挙げることになる。

それから間もなく、両親は、脳外科なら京都大学の付属病院しかないということを教えてもらい、弟をその病院に連れて行く。あとで聞いた話によると、頭骸骨を開いて中の様子を見てもらうという。開くだけでも恐ろしい話だったのだが、結果は見るだけで手術をするでもなく何もしてもらうことなく終わったという。

その後、弟の様子を見ていると、せっかく良い方へ回復の兆しが見えはじめていたのが、逆もどりし、二カ月、三カ月前の状態になってしまっていた。行かなければと後で悔やんだのは私だけではなかったと思う。不運はまたしても悪い方向へと動いたのだ。

今の医学なら、弟もかなり治っていたかもしれない。今から六十五年前のこと、当時の医学の後れが悔やまれる。

リハビリを始め、家の中だけでなく杖をついて外へも出かけられるまでに回復する。でも独り立ちして職業に就けるまでには至らなかった。父母は希望の星を失い、夢は砕け、弟の一生涯の面倒を見ることを余儀なくされる。親にとって一番悲しい出来事だったといえよう。

## 四　堺編

昭和四十九年（一九七四）、大阪府が千里ニュータウンに続いて計画した、丘陵地を開発して売り出した宅地、堺市の泉北ニュータウンが運良く抽選で当たる。翌年ローンを組んで家を建てた。

両親は老年期に入り、身障の弟の面倒も見ながらの生活はいつ破綻をきたすか分からない。幸いにも夫は次男だったので、彼の親の面倒を見る責任はなかった。三人を呼び寄せるため二世帯が住める設計にしてもらう。二階を私たち夫婦、一階を三人が暮らせるスペースとダイニングキッチンにした。父七十七歳の時であった。

無事に引っ越しも終わる。この時父はまだ働いていた。通勤にもかなりの時間がかかった。まだバスも通っていなかったので、最寄りの駅まで二キロ歩く。駅にはエレベーターもエスカレーターもない。高架線のため駅はかなりの階段を上った上にあった。電車で難波駅へ、その後バスで大正区の会社まで。運動として歩き慣れていたとはいえ、夏の暑さ冬の寒さ、天候の悪い日も父は休むことなく通勤していた。

ある時こんなことが、ストで電車が動かなくなる。国鉄は動いていると知った父、まさかと思ったのだが六キロ先にある鳳駅まで歩いて出勤した。そこまでしなくてもと会社の人たちは思ったに違いないのだが。

一年もたたないうちに三人は別の家に住みたいと言いだした。夫との折り合いが上手くいかない、何かと気兼ねしてストレスが大変だと言う。弟は特にそれが大きいようだった。

ここに移る前、二年ほど前に、借家として二十五年住んでいた家を買い取っていたので、ここを売って得たお金で近くのマンションの一階を買うことができた。私の家から歩いて二分。これはベストな解決策だった。

バスも運行を始めバス停は我が家の真横、マンションからも二分、父の通勤もかなり楽になる。八十五歳まで現役で働き、勤めを終わった。

この行動、体力とエネルギーには感嘆するばかり。とても真似できることではない。

退職後も十年ほど毎日楽しみのための運動として歩いたのが、この駅までの道だった。バス道路の一段高い所に並木道の歩道が続いていた。春は桜、木々の緑も豊かに所々にベンチも置かれていて、時には人々の語らいにも加わる。杖を持つようになってからも欠かさず、歩けるだけの距離を散歩し続けた。

弟もこの頃は杖で外を歩くことができたので、母を手助けして、スーパーの買い物に出かけたりしていた。近所に囲碁仲間の友達もでき、集会所への送り迎えも、仲間の車で助けてもらいながら、彼なりの生活を楽しんでいるようだった。

母も八十九歳で弟と老人ホームへ入居するのだが、それまで炊事は自分の手でやっていた。ただ掃除、洗濯物を干したり取り込んだり、炊事の下ごしらえとして固い物を切り分けるなど、これらは週に一、二回ヘルパーさんに来てもらい、やってもらっていた。

父は油絵を描くことはなくなったが、自分で考案した切絵をずっと作り続けていた。雑誌のカラーページを切り取り、いろんな形に切り刻んで張り合わせ、一つの絵に仕上げるのだ。台紙は色紙やベニヤ板、この上に抽象画としての絵が生まれる。この画法は誰もやっていない。

父が七十五歳の時、心斎橋のナルミヤ画廊で親子展をして、この張り絵を十点ほど展示し私は油絵を出展した。父の絵はほとんど知り合いの方に買ってもらった。

せっかく考案したこの技法を受け継ぎたいと、私も角度を変えながら今取り組んでいるところだ。

父が残したものに一〇八頁余りの原稿があった。これは世界連邦の意味と必要性などを書き記したものである。生前自分の力では出版できず残されていた。世界連邦本部での出版を期待していたようだったが、そうはならなかったようだ。

できれば私の手で出版したいと思っていた。これが書き上がったのは堺へ来てからのことで、昭和五十年（一九七五）初め頃のことだったと思う。

世界の状況は目まぐるしく変わる。この論理は主な世界中の国々が参加し、手を組み壮大な組織を作らねばならない。自国の経済力を最優先し、抑止力の名のもとに軍備増強に歯止めのかからない現状。その裏にもさまざまな自国産業の利害がからみ合う。

戦争をなくす手段として、世界連邦が機能するであろうか。まず政治家の手で国を動かし、それから世界と連携する。これは父が頑張っても無理な話だと思った。

父が亡くなった平成八年（一九九六）には連邦新聞はその死を伝えてくれていた。世界連邦建設同盟は現在世界連邦運動協会として存続されていると聞く。父と交流の深かった湯川博士御夫妻を始め、この会にご尽力くださった方々も亡くなられたり高齢になられ、行く末を安んじていたのだが、受け継いで下さった方々が次の世代へ平和の大切さを世界の人々に傳え続けていただくことを願ってやまない。

父が亡くなる直前の私の日記から読み取ると、前年の一月に風呂に入った父が動けなくなったという母からの知らせで、急いで現場へ。なんとか引きずるようにして居間に寝かせる。その後、酒とビスケットと水ようかんを食べ、十日後にはかなり元気になったと知らされた。この頃お風呂も一人で入っていたようだ。

翌年六月五日父を見舞いに行くと、頬がげっそり落ち込んでいた。伸びた髭をはさみで少し切ってあげたと記されていた。

その四日後、母から父がトイレに入ったまま動けないというので駆けつける。痩せ細って便器に座れず落ち込んだと思われる。私の手でいっぱいの力を出して引き出しに成功した。痛かったと思う。部屋まで運んで寝かしたのだが、トイレも自分で行っていたのだ。亡くなる二十日前の話。

六月十八日、母から父の様子が少し変だという。うんこやおしっこを便所に行くまでにしてしまう。この時も寝たきりではなかったのだ。言葉も少し分かりづらく弱っているという実感が伝わってくる。少しワインを飲ませてあげた。

床に就くようになるのはこの日、寝たきりになったのは三日間ほど。二十九日、様子がおかしいという知らせで、父のそばに付き添う。息遣いが荒く父の手をにぎると手をにぎり返してくれた。一言もなかったがこれが最後のメッセージとなった。このまま様子をうかがっていたが変化もなく、一旦家にもどるのだが、十分もしないうちに電話が鳴る。側に座って手を取った時には、もう息はなかった。残念なことであった。

マンションに移り住んだ時から父は死んだら葬式は私の家でと頼んでいた。マンションに住むこと自体あまり良しと考えていなかったようだ。母と弟が望んでいるのでやむなく承知した感があった。

自然を愛し草や木に愛着を持っていたので、庭で草木に接することのできない生活は淋しいと思ったのであろう。

私がまだ結婚する前、久宝寺で一緒に暮らしていた時、父は散策に出かけると、芽を出したばかりの二葉のもみじを持ち帰って庭のあちこちに植えていた。これが木に生長するとは誰も思っていなかったのだが、植えてから二十年余り、数本の芽が幹の直径数センチ、高さ二メートルほどに生長していた。私の家に同居する時、是非持って来てどこかに植えてほしいといわれ、部屋のガラス戸と塀との間に三、四本の木を移植してもらう。あれから父が亡くなるまで二十年余り、毎年紅葉《こうよう》を楽しませてくれながらさらに大きく育っていった。父も時々見に来ては楽しんでいる様子だった。

父の望みどおり葬儀は私の家で行った。もみじの見える部屋で。

父の育てた木々は緑に輝き、別れを惜しむかのように葉を大きく揺らして見送ってくれたのだ。

## 五　エピソード編

### （一）警官に尾行された

父について幾つかのおもしろいエピソードがある。その一つに学生時代に関心を持ちはじめた社会主義、共産主義思想がある。当時の日本ではこれらの思想を持っているだけで国賊とされた。父は哲学にも強い関心を寄せ、本棚にはこれらの本が多く残されていた。これは結婚前の四日市に住んでいた頃のこと。ある時、共産主義の思想を持っていると睨まれていた友人が警官に追われていた。父はこの友人を家に匿《かくま》ったそうだ。その後警官に尾行される身となり、そういう日が何日も続き、柱の陰に隠れて様子をうかがう人影に、何度も脅えたそうだ。仲間ではなさそうだと思ったのか、ある日からそれはなくなったようだ。この時代の日本の国の異常さは今では考えられない。日本は恐ろしい国だったのだ。ドラマや映画で見る一シーンのようだ。

## (二) 中毒事件

これも父が独身時代の話。仲間と河豚《ふぐ》を食べに行く。肝には猛毒があることは知っていたそうだが、大丈夫と言われてその肝を食べて帰ったところ、猛裂な痺れに襲われる。やられたと思ったそうだが、真夜中で、救急車があるわけもない頃のこと。医者にも行けず、これはこのまま寝てしまったら命は助からないと判断。睡魔に襲われながら寝ないで朝まで頑張ったそうだ。翌朝医者を叩き起こし、命を持ちこたえることができたという。これも恐ろしい話。

肝の味は格別だったそうだ。

だがもう少し多く食べていたら今の私はいなかった。

## （三）被差別地区の人たちに心を寄せる

父は結婚の相手を定めるにあたって、是非とも被差別地区の人の中から選びたいと思っていて母親に伝えたところ、それだけは絶対許すことはできない。そういうことになったら母親は死ぬとまで言われて、この思いは果たせなかったそうだ。その地区の人たちは今では想像を絶するような差別的扱いを受け、人の見る目も恐ろしいほどゆがんでいたことに、父は心を痛めていたのだ。

母親の思いを押し切ることはできず、私の母と結婚することとなる。

私が小学生の頃もやはりこの人たちは地域も別にして、集団で暮らす場所があった。学校内では親が教えこんだのだろう。この地域の子供たちと遊んだり友達にならないようにしていた。彼女や彼らはいつも仲間はずれにされていたのを見て、子供の私にはよく分からなかったので父に聞いてみた。その答えは歴史にあったのだ。昔牛や豚や鳥といった動物を解体して食肉にする仕事を職業にしていた人たちを、特別の目で見る習慣が生まれ、この人たちは結婚の相手を選ぶのも、そうでない人を選ぶことがむつかしく、やむを得ず近しい血族結婚が多く、このため指の曲がった子や一本指の足りない子が生まれるようになったと話してくれた。医学的な説明も加えてもらい、だから友達になって良いのだと言ってくれた。小学二、三年の私にも理解できたので、ある日この子たちの住む地或に遊びに行く。私を見る大人たちの目が異様なのに気づく。でも何度も行っているうちに声をかけ合う仲になれた。それほど珍しいことだったのだ。

履き物を売る店が多かったのを覚えている。

## (四) 食べ物

父が好きな食べ物といえば牛肉。晩年まで食べていたそうだ。しかも柔らかいものではなく、かなり噛まなければ喉を通らない赤身の安価な肉、弟のことがあるので母は極力節約志向を貫いていた。少しなんとかしてあげたいと思ったが今思うと、これも父の健康を支える一つだったかもしれない。入れ歯だったが長年使っていたので噛むことに支障はなかったようだ。よく噛んで時間をかけて食べる。ベストな食べ方を実行していたことになる。

母の得意な料理で父が好きだったのは、大豆に小鮒と昆布を一諸にして圧力釜で煮る一品。その頃珍しかった圧力釜での調理で、私が子供の頃からしょっちゅう食べていた料理。これはまさにカルシウム、蛋白質、それも動物性と植物性、食物繊維と理にかなったもの。これは健康に役立ったに違いない。圧力鍋も次々に最新式のものに替え、いろんな料理に役立てていた。母が亡くなった時残されていたので使ってみようと思ったが、説明書が無く、どうしたらいいのか分からずに捨ててしまった。鮒が手に入らなくなってからも小魚を使って晩年まで父を喜ばせていた料理だった。

野菜に関しては何が好きといったものは特に知らなかったが、母が野菜好きなので当然食卓にはいつも野菜料理が盛られていた。特に糠漬の浅漬はみんなの大好物だった。また普通はみな醤油をかけるのだが、父はなぜかいつもソースをかけていた。酢が体に良いと分かっていて使っていたとは思えないのだが、これも知らず知らずの間に酢を取り入れていたことになる。

今のように健康によい食品の分析など行われていない時代、かなり申し分のない食生活を送っていたように思った。

## （五）煙草《タバコ》と酒

若い頃は、というより五十歳くらいまで煙草は好物だった。戦中戦後、しばらく配給制となり、手に入りにくくなった時、きざみ煙草が手に入ると、巻き煙草用の紙をどこからか調達してきて、手製の巻き煙草を作っているのを目にしたことがある。あれだけ欲しがっていたのだが、有害だと知るとやめる決心をしたようだ。一度目は失敗に終わるが、二度目にはやめると宣言してきっぱりとやめることに成功した。禁煙は非常に難しいようだが、その後一生吸うことはなかった。

お酒は大好きで、日本酒を毎晩飲むのが楽しみのようだった。酔っぱらうほど深酒をすることはほとんどなかったが、一度、それも八十歳を越えてから、母が私に助けを求めてきた。父が酔って近くの空地の草原で寝てしまったという。早速かけつけて母と二人で抱きかかえるようにして家まで運んだのだが、あまり愚痴を言ったり文句を言う人でなかっただけに、何かよほど腹の立つことがあったのか、悲しいか苦しい話に出合ったのかと察した。聞きただすことはしなかったが、何か胸にくる思いがした。死ぬまでお酒を楽しみながらの人生だった。

銘柄についてはあまり口にしなかった。香りとか味について敏感であったと思うが、家計の状態から酒の種類をいろいろ選ぶほどの余裕はなかったと思う。高い酒を飲むよりは本を買う資金にしたかっただろう。

## （六）医者嫌い

私の知る限りでは、医者や病院に行ったり通ったりした様子はなかった。

九十歳を過ぎた頃にぎっくり腰になった時、かなり痛そうなので母と私で父を病院まで連れて行った。医者に年も年なので様子を見るためにこのまま一日入院するように伝えられるのだが、聞いた父はこれに従わずに、そのまま家に逃げ帰る。車で連れていったのだが、父がどうして家まで帰ったのか覚えていないが、多分痛みをこらえて歩いて帰ったのだ。痛み止めの注射はしてもらっていたかもしれない。もちろん母と私は付き添ってはいたが、びっくりさせられた一幕。

ある時会社での検診で、肋骨にかなりのひびが入っていると言われ、思い出したそうだ。今は完全に治っているとのこと。それは戦後かなり長い間ラッシュアワーは、満員電車に人があふれ、駅員が何人もドアの外から乗車する人たちを押し込むように乗せていた。私も通勤時何度かこんな目に遭っている。父もしょっちゅうそういう形での通勤、胸を圧迫され痛いと思うことも何度かあったという。その時の傷を医者にもかからず、自然に痛みが取れて治るのを待ったのだろう。

この年まで生きていれば他にもこれに似た体の不具合はあったと思われるが、それらも自力で治していたと思われる。

自然界の動物たちは、傷ついたり病気をしても自力で治すしか手がない。治す力が及ばなければ、死ぬことになる。

人間は今や自力で治すことができなくても、医者の判断を聞き、薬や手術などで治療し死をまぬがれる手段を次々考え出してきた。

もしかすると父は、人間にも自然界の動物のように潜在能力があり自力で治す力の存在を意識していたのかもしれない。

先日、ＮＨＫテレビで「人体」という番組に出演されていた医学者山中伸弥さんは、細胞単位で人間は自力で修復可能な力を持っていることが、よく分かってきたそうだ。今までの医学では一旦死んだ細胞は復元できないとされていたものの中にも、そうではなく蘇らせたり数を増やしたりできる能力が備わっているとのことだった。

父の考え方の中の自分の体は自分で治せるのだという信念、どこかで繋がっていたのだ。

## （七）音楽

子供の頃たまに唄っていた父の姿を見たことがある。覚えているのは「船頭小唄」「江差追分」といずれも哀調を帯びた響きの唄だった。その頃の日本の世相にも合っていたと思うが、生きていく上で誰もが出合わないですむとは限らない悲しい運命、そういったことの現実。でもそれだけではない。この中に秘められた切なさ、はかなさ、ぐっと胸に抱きしめたい美を感じないではいられなかったのでは。

幾度となく引っ越しを繰り返しているのに、父が学生時代か富田中学の教師をしていた頃に講入したと思われるバイオリンとマンドリンが亡くなった後も残っていた。三年前まで私の手元にあった。独身の頃習っていたことに間違いはなさそうだが、続けて弾いて楽しむことはなかったようだ。一度も弾くのを聞いたことがない。早々と私の手に渡ったので私もバイオリンを習ったことがあった。かなりの練習量をこなさないと前に進むことができない。

私は後にピアノも習うが、よほどの能力の持ち主でない限り、その練習時間は半端なものでは上達しないことが分かる。

あれもしたい、これもやりたいと思う者にとって、楽器は難題だと気がつくが、やはり父もそうだったのではと思った。

百年以上前に製作されたであろうこのバイオリンとマンドリン、三年前に、ピカピカの状態で、私の購入したギターと共に、加西市の議員さんに学校へ寄贈してもらうよう頼んで手渡した。誰か弾いてくださっていたら嬉しい。楽器その物は昔の人の手造りで、外国製かと思われた。

家にはオルガンもあった。これは母が小学校の教師時代に愛用していたもの。松阪の最後の家に置いてあったのは覚えている。音楽会によく連れていってくれたのも母。

弟も私も音楽大好き人間。これも遺伝子の影響だったのかもしれない。

おわら風の盆を富山市八尾まで見にいったことがあるのだが、父にこれは是非一度見せたかった。

## おわら風の盆

河面にぼんぼりの灯が揺れる
向こう岸から　かすかに胡弓の調べが
橋を渡って音色の聞こえる八尾の町へ
胡弓と三味と鉦《かね》の音が奏でる　やるせない響きの音楽に合わせ
下駄を爪先立てて踊る
山形の編笠で顔を隠した男と女

手の振りも身のこなしも優雅さにあふれ
夜の町はこのページェントに魅了される
家々では玄関が開け放たれ
軒先には家紋入りの幕が張られ
奥では人々の語らいや、どよめきが
祭りの酒の宴を感じさせる
踊りは町々を練り歩くもの
十字路で輪を作り廻りながら踊るもの
お寺の床を舞台にして
踊り手が入れ替わりながら踊りを披露
これはまた楽しみが倍増する
衣裳も唄も姿も全て美しい
多くは男と女の愛の形

優美にしとやかに　そしてせつなく
若い日の恋を思い出す

## （八）遊郭

日本は、戦後、民主主義国家として再出発するのだが、それまで遊郭と呼ばれ、男性が女性を買って遊ぶ場所があった。大阪にも阿倍野《あべの》の近くにその地区があり、通称赤線地帯と呼ばれていた。

民主国家として男女同権が叫ばれ、政府はこれらを禁止する方向を早くから示していた。これを知った父は二十《ハタチ》歳前で、すでに学校を卒業していた私に、女学校の制服を着せて、この地区に潜入した。もう二度と見られなくなるので社会見学ということだ。想像していたよりは派手さや煌やかさはなかった。もう店を閉じなければならない淋しく暗い思いがすでに出ていたのかもしれない。

周りの客引きらしい男も女も我々二人を異様な目で見ていた。何か声をかけてきた人もいたが何を言っているのかよく分からなかった。

もう二度と見ることのできない場所を私に見せる目的もあったと思うが、あとで思うと男と女の性欲の違いを、ある意味認識させることだったかもしれないと感じた。

父自身の告白によると、一度は来て遊んでみたかったそうだ。でも性病という恐ろしい話を聞くと、その欲望はふっ飛んだそうだ。

ということは父も一度も見ていない場所、一人で見にだけ来ることは至難の業。引っ張り込まれるに違いなく、映画や小説でなくどうしても見ておきたかったのではないか、と思った。

実際には売春防止法は一九五六年に制定され翌年施行された。

## (九) 絵

父は家では時間があると油絵を描いていた。四歳くらいの頃から時々モデルになっていたのだが、これは大変だった。動いては駄目、それも長時間。休み休みしながら何日も同じポーズをして何枚かの絵が生まれた。その一枚は今も私の手元に残っている。

十五号の裸婦の油絵が玄関から見える場所に掛けられていた。それも外国人だった。小学生の時のことだが、家に遊びに来る子供たちの間で大騒ぎとなる。見てはならない物を見たという感覚だったのであろう。

この裸婦の絵は、まだ独身の頃東京まで出向いて描いたそうだ。当時、絵のモデルに日本人がなることもできなく、また油絵の基本中の基本であるのに、それが可能なスタジオは地方にはなくて、当時の絵描きさんたちの集まる東京のスタジオまで行っての勉強の証しだったのだが、一般の人々からすればとんでもない女性の裸の絵だったのだ。紫の衣裳を着た半裸の人物画だった。

この絵は一生大切に持ち続けていて最後に私の手に渡ったのだが、キャンバスに描かれた絵はひび割れ、剥落と劣化がひどく修復困難となり捨てざるを得なくなったのだ。もう少し早く気がついておればなんとかなったのにと思うと残念だ。

ただ木板に描かれた油絵は数点残っている。古い絵は八十年前に描かれたものだ。これは油絵の強み、水で洗って埃を洗い流してもほとんど描いた時の色を留めている。

## (十) 座らない健康術

父が誇らしげに話していた一つがこれだ。通勤時電車に乗ると時々座席を立って譲ってくれる人がいたそうだが、大丈夫と言って断ったそうだ。ありがとうと言って座る父ではなかったのだ。それでも空けてくれる人がいると周りを見て、お年寄りや子供連れの人を座らせてあげたそうだ。

日常歩くことで足腰は鍛えていたが、それに加えて、電車で左右前後に遥られて立っていることで体のバランス感覚を鍛え、吊り皮を持つ姿勢も良い影響を与えてくれたと思う。しかも毎日の通勤で何十年もの長きにわたって八十五歳の退職までやり続けていたというのはさすがだと思った。亡くなるまで背中や腰を丸めることはなかった。

私もバスは突然の急停車がよくあるので、席があれば座るのだが、電車に乗る時、長距離は別として、立っていることを心がけている。

今の若者は学生でさえ空いた席めがけて我先にと走り込んでくる。座るなりスマホをいじり始め、降りるまでどころか降りながらも続けている姿。周りに席を譲ってあげなければと思う人がいても全く気づかない。気づいたとしても、多くの人が積極的に席を空けようとはしなくなった。

社会のすべてを象徴するような憂うべき現象だと思った。

## （十一）蔵書

私が物心ついた頃に、父の周りには本が並んだ本棚が幾つもあったのを覚えている。少しずつ本に興味を持ち、片っ端から読み始めた。漱石の全集はくすんだ柿色に緑と白っぽい色の紋様が浮かぶ布の表装、有島武郎の表装は渋い紺色これも布装だった。芥川龍之介、志賀直哉ら明治、昭和初期の文豪の全集が揃っていた。なぜか先に読んだのは世界文学全集（はっきりとは覚えていないが三十巻程あった）、こちらの方が興味があり、意味不明、理解困難のまま一、二巻を残して全部読んだ。小学校五年生の頃、百科事典は二十巻あったろうか、厚さ八センチほど、背は薄かったが皮張りで表装は黒っぽい布製だった。これは絵が入っているので、引くのがとても楽しかった。

ボードレール、ヴェルレーヌ、ハイネ、ゲーテなどの詩集の翻訳本、訳詩が上田敏のものが多くあり、このなめらかな美しい日本語訳が私の胸に響いたのだ。いつの頃からか詩を作るのが趣味となる。

哲学書に宗教、平和に関する専門書、中には落語の本も。

ずっしりと重い本が増えるばかりで母は床が落ちるのではと心配していた。

父が学生時代から通い続けていた、天牛という古書店によく連れていってくれた。戦争で焼けるまでは心斎橋のそごう百貨店の近くにあったのだが、戦後は道頓堀の中座や角座のあった近くに移り、間口はかなり狭くなっていた。今もあるかどうか永らく訪れたことがないのだが。

大阪に引っ越しした時、かなりの本を処分したようだ。あの大好きだった百科事典もその一つ。だが別の種類の本がどんどん増えて本は減ることはなかった。

父の亡き後、この本をどうするか悩んだ。貴重な本も多くあるはず。その筋の人に、また学校などに渡ればきっと喜んでいただける本。これらを仕分けして引き渡す作業はとても私の手一つでは不可能であった。時間的なゆとりもなく母は早くなんとかしてほしいというので、全部を引き取ってもらえる古本屋さんを探して引き取ってもらった。

宝物を無くしたように悲しい思いで見送った。トラックに積み込まれた多くの本だった。私は勝手に、父は知らず知らずの間に良い習慣を身につけ、実行していたのではと思っていたが、実はこの蔵書の中にそのヒントがあったのでは、と感じとった瞬間でもあった。

## 六　兄弟編

五人兄弟だった父の兄と姉たちの話をしておこう。

### (一) 父の一番上の兄

彼は英国に留学して「テーラー」—紳士服を縫って作る—の勉強をし、名古屋で店をかまえた。子供の頃だが、父に連れられて名古屋に行った時、駅を狭んだロータリーの向かい側の真正面にその店があったのを、父は教えてくれた。だが、なぜか立ち寄ることはなかった。

彼のエピソードはある時、町に旅芸人の一座が来る。どこが気に入ったのか分からないが、そのままこの一座に加わって何カ月もの間、家に帰らないことがあったそうだ。十代の頃の話のようだった。

私が彼に会ったのは、父の実の母が七十歳の誕生日を迎えるというので、お祝いに五人の兄弟とその家族が一堂に集まった時だった。

それは桑名の旅館だった。父の出生地でもあるが私は初めて見た場所である。父の長兄に会ったのも初めてで、やはり父に似てるなと思った。祖母との出会いもこれが最初で最後だったと思う。この時、白子《しらす》の躍り食いが出たのにはびっくりした。

## (二) 父の二番目の兄

父と年齢はそう離れていなかったようだ。子供さんも上の女の子が私より二歳年下、下の男の子が弟より一歳年下という遊び相手にはもってこいの家族構成だった。

彼の仕事は紳士服の仕立屋さん。私の推察だと、長兄の成功を見て自分もやれると考え、長兄の所で修業をし、大阪で店をかまえたのだと思う。その店は堺筋の三越に近く、大通りから細い道を少し入った奥にあった。私たちが大阪に出て来て八尾に住んでいる時に、よくこのお店を訪れ、子供たちで三越まで遊びに出かけた。ほんのわずかな間のことだが楽しかった。

松阪に住んでいた頃は何度も家族連れで我が家へ遊びに来てくれた。近くの水晶閣という旅館に泊まって気遣ってくれた。二家族揃って旅行に出かけたこともあった。父と相談の上定めたと思われる場所。それは志摩の波切《なきり》だった。その頃ここは絵描き仲間の間ではメッカとされていて、父も何度か絵を描きに訪れている場所。今では交通の便は良くなり簡単に来られるのだが、当時は近鉄が宇治山田駅で終わる。ここからはタクシーで行くしか手がない。バスか電車を使うと四、五十分で行くことができるのだが、当時は舗装されていない悪路を三時間ほどかけての移動で大変だった。現地は海に波に岩、宿を出るとすぐ近くにこの風景が出迎えてくれた。白い灯台へ上る道には当時お店などなかった。

海岸線と民家との境界線は今は高い防波堤が築かれているが、これもなかった。海岸には楽に下りて行けたので、小さな砂浜の岩の間を縫って貝殻を拾い集めて遊んでいた。

この波切へはその後何度も来ては、この辺りを懐かしんで散策することが多い。その頃のまま残る石垣もあれば、すっかり変わってしまった風景もある。

伯父はいつも弟である父を大切にして可愛いがってくれていたのが、子供の私にもよく分かった。この旅行の費用も全額払ってくれていた。

戦時中のこと、あちこちが空爆で爆弾や焼夷弾《しょういだん》で攻撃されているのを知って、次は大阪だと彼は思ったという。京都府丹波の美山町《みやまちょう》という地名だった（現在の南丹市）が、そこに家族を引き連れて疎開した。それは見事に的中、その一週間後に大阪は大空襲に見舞われた。三越百貨店は残ったが周囲は全部焼けてしまう。

戦後も彼はこの丹波に住み続けた。彼の趣味は鮎釣りだったので、ここを離れることなく一生を過ごしたと思われる。

こんなこともあった。彼が大阪にいる時のこと。みんな食糧不足に悩まされている時期、伯父はこの時軍の関係者とのコネがあったのか、軍部専用の缶詰めを手に入れて持って来てくれた。それは何の印もない缶、今で言う賞味期限切れの物で、中にはふくらんで明らかに中身が変質していると分かるものもあった。でも一応缶を開けてみる。酸っぱい臭い、それも強烈。これは食べては駄目、缶の内側はこの酸によって腐蝕しているのが見てとれた。ふくらんでいなくても缶には錆びの出ているものもあり、父と母は一つ一つ缶を開けて、食べられるものと危険なものの区別をしながら、子供たちに食べさせた。中身は秋刀魚が多かったのだが、この作業は命にもかかわるかもしれない大変な仕事だったと思う。それに火を通して食べた。こうまでしてと思われるかもしれないが、必要な蛋白質や脂質を摂るのに苦労してのこと。当時の食べ物は、雑草、芋づる、米ぬか、イナゴ、と食べられるものは何でも食べて生きなければならない時代だったのだ。米も芋も我々の手が出ぬ高価で、闇物資として売られていたのだ。
こうして伯父は時々いろいろな食べ物を差し入れて我々を助けてくれた。

## (三) 父の上の姉

戦時中は満州（中国東北部）で暮らしていた。夫が当時の国鉄の社員だったのだろう。満鉄（南満州鉄道株式会社）の勤務、戦後は日本に帰り国鉄（現ＪＲ）桑名駅の駅長として駅の近くに住んでいた。二、三度その家に行ったことがあった。娘さんが一人いて私より十歳近く年上だった。家の裏側は引込線が多く敷かれた場所。数本、あるいはもっと多くの線路を跨いで向こう側へ出て買い物をする。

いつ電車が来るかもしれないと、とても怖かったのだが、駅長の娘さん、今なら電車や汽車は通らない時間だと知ってのことだったのだ。帰りには女の子が欲しがりそうな身につける物をプレゼントしてくれた。

## （四）父の下の姉

彼女の家は近鉄四日市駅を降りて線路沿いを五分ほど歩いた場所にあった。戦争で焼けてしまったのだが、松阪に住んでいた子供の頃によく遊びに行った。伯母は最初の夫を亡くし私より十歳ほど年上の独身だった娘さんがいた。彼女は松阪の家によく来て遊んでくれたお姉さんだった。伯母は夫を早く亡くし、二度目の結婚だったので、娘さんは前夫の子供なのだ。二度目の夫はお坊さんだった。お寺があったわけではなく、彼は法要などの仏事の時に呼ばれて、この家で僧衣に着替えて出向いていたようだ。子供の私には少し奇異に感じられたのだが、とても優しい温和な人柄が伝わってくる人だった。後にここも戦火で焼かれ彼の故郷である菰野《こもの》に移り住むことになる。

かつて四日市の伯母の家には二階があり、行くとここで泊めてもらうことが多かった。ある時、父の絵を見せてあげるといって本棚の中から数枚の幽霊の水墨画を出してくれた。これは父が学生時代よく遊びにきて描いてくれたものだと聞いた。上手いと驚嘆させられたのだが六歳くらいの時のこと、なぜこんな絵を描いたのか不思議に思ったのだが聞くことはなかった。

私が大人になってからの交流は途切れ、みんな帰らぬ人となってしまったが、懐かしい思い出が雲のように浮かんでは消える。みんなの顔を思い出しながら、ありがとうと感謝の言葉を送りたい。


この本のカバー絵自画像、口絵の少女像創作切絵の原画および父の油絵数点、切絵三点を、また父の愛用した楽器も一緒に、二〇一九年二月より一年間兵庫県加西市北条鉄道播磨横田駅ギャラリーで展示しております。

**著者プロフィール**

**川瀬 倭子**（かわせ しづこ）

1931年4月生まれ
三重県出身、兵庫県在住
画歴：1982～1988年　関西独立展入選
北条鉄道播磨横田駅に駅ギャラリーを持つ
既刊書 『一でなくても』（文芸社　2018年）


## 己を信じて生きた父


2019年1月15日　初版第1刷発行

著　者　川瀬 倭子
発行者　瓜谷 綱延
発行所　株式会社文芸社
〒160-0022 東京都新宿区新宿1－10－1
電話 03-5369-3060（代表）
03-5369-2299（販売）

印刷所　株式会社平河工業社





ISBN978-4-286-20178-8